Walt Disney

Cinéma

Dans la même collection :

Le livre de la jungle
Bambi
Blanche-Neige
Pinocchio
Rox et Rouky
Dumbo
Les Aristochats
La Belle et le Clochard
Oliver & Compagnie
La Belle au Bois dormant
Winnie l'ourson
Alice au Pays des merveilles
Cendrillon
La Petite Sirène
Peter Pan
Bernard et Bianca au Pays des kangourous
Le Prince et le Pauvre
Les 101 Dalmatiens
Robin des Bois
La Belle et la Bête
Merlin l'Enchanteur

Adaptation de l'image : Van Gool-Lefèvre-Loiseaux
Texte français : Michel Manière

Walt Disney

LE LIVRE DE LA JUNGLE

La jungle, c'est inquiétant.
Mais les animaux n'y sont
pas tous méchants :
la panthère Bagheera est
douce comme un chat.

Disney HACHETTE ÉDITION

Un jour
qu'elle se promène
le long de la rivière,
elle entend des sanglots.
Qu'est-ce que ça peut
bien être ? Elle va
au bord de l'eau...
et découvre un bateau
avec, à l'intérieur, un
drôle de petit berceau !

Et dans le berceau qu'y a-t-il ?
Je vous le donne en mille...

Il y a un petit d'homme
qu'on a abandonné,
un enfant, un poupon,
un gentil nourrisson,
un innocent bébé qui
n'arrête pas de pleurer !
– Que fais-tu là, petit ?
Si je te laisse ici,
tu te feras manger !

Et la panthère, sachant
qu'un enfant sans parents
ne peut vivre longtemps,
se saisit du panier
pour s'en aller chercher
un papa et une maman...

– Akela ! appelle-t-elle, à l'entrée d'une grotte, j'ai un cadeau pour toi !

– Akela n'est pas là,
lui répond une voix.
C'est celle de Mme Louve.
Son mari, c'est le loup.
Il est parti en chasse
pour nourrir ses petits.
– Un de plus, un de moins,
répond la gentille mère,
ce n'est pas une affaire !
Nous l'appellerons Mowgli,
il grandira chez nous !

La louve n'a pas menti. Les années ont passé et Mowgli a grandi près de ses frères les loups, qui ont grandi aussi ! Ils s'aiment à la folie et comptent s'aimer ainsi durant toute leur vie ! Ils ne savent pas, hélas, quel danger les menace...

C'est Shere Khan le danger : le tigre mangeur d'hommes. S'il rencontre Mowgli, il n'en fera qu'une bouchée !

Quand Bagheera apprend que Shere Khan est en chasse,
elle court vers l'enfant et lui dit : – Sois prudent !
– Ne t'en fais pas, dit Mowgli, je suis grand !

« Justement, pensent les loups, il est déjà trop vieux pour rester parmi nous ». Et le soir, sous la lune, ils décident tous ensemble que Mowgli doit partir. Maman Louve est si triste qu'elle ne peut s'endormir.

Et le lendemain matin, elle a bien du chagrin d'annoncer à l'enfant : – Ta place est chez les hommes, là-bas où tu es né. Tu dois y retourner...
– Je ne veux pas ! crie Mowgli. Je veux rester ici !
Pourtant il change d'avis quand Bagheera lui dit :
– C'est moi qui te guiderai durant tout le voyage, on va bien s'amuser avec les bêtes sauvages !

Kaa, le serpent zézayant

Mowgli et Bagheera marchent
toute la journée. L'enfant est épuisé :
– Est-ce que c'est encore loin
l'endroit où je suis né ?
– Très loin, dit son amie,
mais pour aujourd'hui, ça suffit,
nous poursuivrons demain.
Il est temps de chercher un hôtel
pour la nuit...

L'hôtel de Bagheera
est à la belle étoile,
et le matelas en bois !
Mais ce n'est pas pour ça
que Mowgli ne dort pas.
C'est parce qu'il pense
aux loups, aux joies
de son enfance...
à Maman Louve surtout !

Il ferme enfin les yeux,
quand une voix zézayante le réveille
en sifflant : – Zalut, zoli zenfant !
Ze zuis Kaa, le zerpent...

Kaa ? En entendant ce nom, Mowgli se dresse d'un bond. Par malheur pour lui, il est déjà trop tard !

Dès qu'il voit les yeux ronds de l'horrible python, il ne peut plus bouger : il est hypnotisé !

– Ze vais te fizeler
comme un gros zauzizon, lui susurre le python, et ze vais te manzer... Mais Mowgli, étourdi, n'entend plus ce qu'il dit...

Il ne sent pas la queue qui lui serre
le cou, et ne voit pas la gueule
prête à le dévorer : il est paralysé !

Mais qui dresse une oreille
à ce moment précis ?

Qui se réveille
et qui bondit ?
Bagheera !
– Espèce de scélérat !
hurle-t-elle à Kaa,
tu vas me payer ça !
Et d'un direct du droit,
elle l'envoie valdinguer
à travers la forêt !

– Une seconde de plus, et tu étais fichu ! explique-t-elle à Mowgli.

Pour être bien certaine
qu'il ne risque plus rien,
elle l'oblige à rester
serré contre ses reins. C'est ainsi
qu'il s'endort jusqu'au petit matin.

Mais quand le jour revient, il a tout oublié :
les recommandations, le python, le danger…
Il est bien reposé, il a envie de bouger !
La panthère dort encore, il ne la réveille pas.
Attrapant une liane, il s'élance en silence
dans l'herbe pleine de rosée. Avec quel animal
fera-t-il connaissance à cette heure matinale ?

Les éléphants qui marchent au pas

Mowgli n'a pas besoin de chercher très longtemps : au bout de quelques pas, un bruit sourd et rythmé lui fait lever le nez... Ce sont les éléphants qui défilent en chantant :

> « Dans le combat guerrier,
> nous sommes les mieux armés.
> Pour tromper l'ennemi,
> nous avons une trompe...

et une paire de défenses
pour défendre nos amis ! »
Mowgli s'est rapproché.
Il leur trouve l'air
gentil. Mais à côté,
qu'il est petit !

« Sauf à côté de celui-ci ! » se dit-il
en découvrant un éléphanteau
qui devient son ami aussitôt !

Or, au même moment,
l'armée des éléphants
s'arrête trop brusquement.
C'est une vraie pagaïe,
on entend de grands « aïe »
Mais on entend surtout
les cris du général !

Quant aux nouveaux amis,
ils trouvent ça amusant. Ils font
des pitreries en imitant les grands.
Le général ne les voit pas...

Heureusement, car lui ne s'amuse pas !
– GARDE A VOUS ! hurle-t-il
à ses vaillants soldats.

Et gare au malheureux
dont la trompe
flanche un peu ;
il reçoit sur le champ
un grand coup de bâton
et aussi une leçon :
– Pour être un bon
soldat, il faut se tenir
droit ! Ceux qui n'y
arrivent pas, je les
mets en prison !

Le petit éléphant
a compris la leçon :
il est droit comme un I.
Mais il veut que Mowgli
fasse aussi bien que lui.
Le garçon obéit,
or il lui manque
une trompe…

– Tu n'as pas de fusil !
hurle le général
en passant près de lui.
Tu vas être puni !
Il le soulève de terre
comme une petite souris
qui gigote et qui crie !

Or qui entend ces cris ? Bagheera, la panthère ! Un seul bond lui suffit pour retrouver Mowgli.
– Reposez cet enfant ! crie-t-elle avec colère.
L'éléphant obéit. Alors elle lui raconte où elle conduit Mowgli...

et le danger qu'il court
de rencontrer Shere Khan
s'il reste par ici !

Mais en réalité, c'est surtout pour Mowgli qu'elle dit ces derniers mots : pour qu'il comprenne enfin qu'il n'est plus à sa place parmi les animaux et qu'il doit retrouver ses semblables au plus tôt. Mowgli répond « Bien sûr ! » mais il pense le contraire : tout en recommençant à suivre la panthère, il imagine déjà de nouvelles aventures...

Baloo, le gros ours polisson

Mowgli a très envie de fausser compagnie à la panthère trop sage. Tout est tellement tentant : les oiseaux qui pépient, le soleil qui clignote à travers le feuillage, mais surtout les coins d'ombre où quelque chose remue... Soudain, il n'hésite plus, et le voilà parti loin de sa vieille amie...

Il ne le regrette pas : au bout
de quelques pas, qui voilà
tout à coup ?
Son grand copain Baloo !

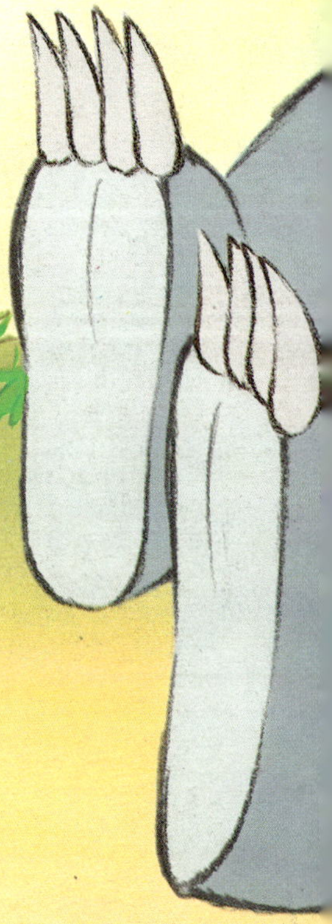

Ce coquin de Mowgli saute
à califourchon sur l'énorme ballon que
fait le ventre de son compagnon : c'est
plus pratique pour la conversation !

– Sais-tu que je suis au régime ?
dit l'ours malicieusement.
– Au régime ? toi qui es si gourmand !
– Au régime de bananes, évidemment !

Leur repas terminé, ils jouent
à s'effrayer en faisant des grimaces.
Mais, au lieu d'avoir peur,
ils rient de tout leur cœur !

Aussitôt Bagheera qui les a entendus court dans leur direction et traite avec colère Baloo de polisson !

– J'aime mieux les polissons que les panthères furieuses et donneuses de leçons ! intervient le garçon. Bagheera est vexée. Elle part sans répliquer. Et les deux insouciants rient encore plus qu'avant !

Quand il a bien mangé et quand
il a bien ri, Baloo se met au lit...
– Au lit de la rivière,
précise-t-il à Mowgli
qui a l'air d'apprécier le matelas
pneumatique de son ventre gonflé.
Il ferait mieux d'ouvrir les yeux...

car soudain quatre singes,
surgis au-dessus d'eux, l'attrapent
par les pieds et le font voltiger !

Baloo s'est réveillé. Mais il a beau crier, s'agiter, menacer, cela ne sert à rien : les singes voleurs d'enfant refusent absolument de lui rendre son copain.
Ils crient comme des putois :

– Va te faire voir ailleurs,
gros nounours à la noix !
A la noix ?

A la noix de coco, ça va de soi !
Le malheureux Baloo en reçoit des dizaines :
sur la tête, sur le nez et sur sa grosse bedaine...
Aïe aïe aïe ! quel malheur ! Si seulement Bagheera
pouvait être encore là, sûr qu'elle ferait
très peur aux maudits kidnappeurs !
Ils emportent Mowgli ! Que vont-ils faire de lui ?

Les singes voleurs d'enfants

– Lâchez-moi ! crie Mowgli.
Mais les singes n'entendent pas.
Ils l'attrapent par les bras,
par les cheveux et par les pieds,
et se l'envoient d'un arbre à l'autre
comme un vulgaire paquet.
Ils lui font traverser ainsi
toute la forêt, jusqu'à un temple en
ruine qu'ils appellent « le Palais ».

C'est là que trône
leur roi, un vieux singe
qui s'écrie à la vue
de Mowgli : – Un petit
d'homme, youpi !
Je vais enfin connaître
le secret des hommes
et être plus fort qu'eux !

– Dis-moi, charmant enfant, comment font tes parents pour allumer le feu ?
– Commence par me lâcher, répond Mowgli furieux, et je te le dirai !
Le vieux roi lâche Mowgli...

et le garçon avoue : — Je vivais chez les loups, et le secret du feu je l'ignore autant que vous !
Le roi furieux hurle à tue-tête.
Or les singes, un peu bêtes, croyant qu'il a donné le signal de la fête, se mettent tous à danser ! Le roi danse avec eux. Et Mowgli au milieu !

Quel est
ce drôle de singe
qui les rejoint bientôt ?
Mon Dieu,
qu'il est pataud
avec son gros derrière !
mais tellement rigolo...

que le roi, aussitôt, le prend pour partenaire.
– En avant, en arrière ! chante-t-il à pleine voix, jambe en bas, jambe en l'air, et vive le cha cha cha !

Ils font un tel boucan que la
brave Bagheera, qui recherchait
l'enfant, le retrouve facilement.
Or elle n'intervient pas : les singes
sont trop nombreux et elle préfère
attendre pour pouvoir les surprendre.

Mais voilà que le gros perd la noix
de coco qui masquait son museau :
c'est Baloo ! il se jette sur Mowgli,
mais le vieux singe aussi...

et tous deux de tirer chacun de son côté. Attention au pilier, il ne va pas résister !

Ça y est, il a cédé ! Heureusement, le vieux roi court vite le remplacer pour tâcher d'empêcher son palais de tomber. Baloo en fait autant.

Puis il change d'idée,
et, au lieu de l'aider,
il vient le chatouiller.
– Hi hi hi ! fait le roi.
Arrête, je t'en supplie !
Mais Baloo continue
à faire : – guili guili !

Le vieux singe pousse des cris : des ah ah, des oh oh, des hi hi, des hou hou... et soudain il lâche tout !
– Sauvons-nous ! crie Baloo, le palais tombe sur nous !
Mais Bagheera est là. Elle fait signe à Mowgli de monter sur son dos et détale aussitôt. Le gros ours, quant à lui, se fait bien du souci à l'idée du savon qu'il va se faire passer quand ils seront à l'abri...

Le tigre et le serpent

Baloo avait raison de prévoir un savon. Bagheera, furibonde, lui crie : – Tu n'as pas honte de te conduire ainsi, d'entraîner un enfant au devant du danger alors que ton devoir est de le protéger ? Baloo, embarrassé, baisse la tête sans broncher... Mowgli, de son côté, s'empresse de s'échapper !

Il ne court pas longtemps.
Dès qu'il est hors de vue,
il s'arrête sous un arbre
pour rêver tranquillement.

Mais tout à coup il sent… quelque chose qui remue.
La chose est un serpent : il est assis dessus !
– C'est encore toi, Kaa ? dit-il sans s'affoler.
Allons, fiche-moi la paix ! Mais Kaa est sérieux :
s'il l'enroule dans sa queue, c'est pour le dévorer !

Or, sur ces entrefaites, surgit
un trouble-fête... Pas n'importe
lequel : Shere Khan, ce criminel !
Avisant le serpent, il s'avance à pas
lents et demande sournoisement :

– N'as-tu pas vu Mowgli ?
De bons amis m'ont dit
qu'il rôdait par ici...

– Ze ne zais même pas qui z'est ! ment le serpent rusé.
Et en disant ces mots, il serre fort ses anneaux
sur le pauvre Mowgli qui ne peut s'échapper.
Mais Shere Khan est têtu : – Je sais que tu l'as vu !
Dis-moi la vérité, ou je vais t'étrangler !

Le serpent a si peur
qu'il dit
au petit bonheur :
– Je l'ai vu se promener
par là-bas tout à l'heure.

Le tigre, satisfait,
le lâche immédiatement pour aller
voir l'endroit qu'il lui a indiqué.
Kaa est soulagé.
Si bien qu'il se détend, et que
son prisonnier en profite pour filer !

– Adieu, affreux python ! Quand Shere Khan comprendra que tu lui as menti, sûr qu'il te demandera quelques explications...

Mowgli arrive bientôt en vue d'un lac tout noir.
Ce n'est guère rassurant. Mais le plus inquiétant,
c'est la bande de vautours qui rôde tout autour.
– Nous ne sommes pas méchants ! clament-ils.

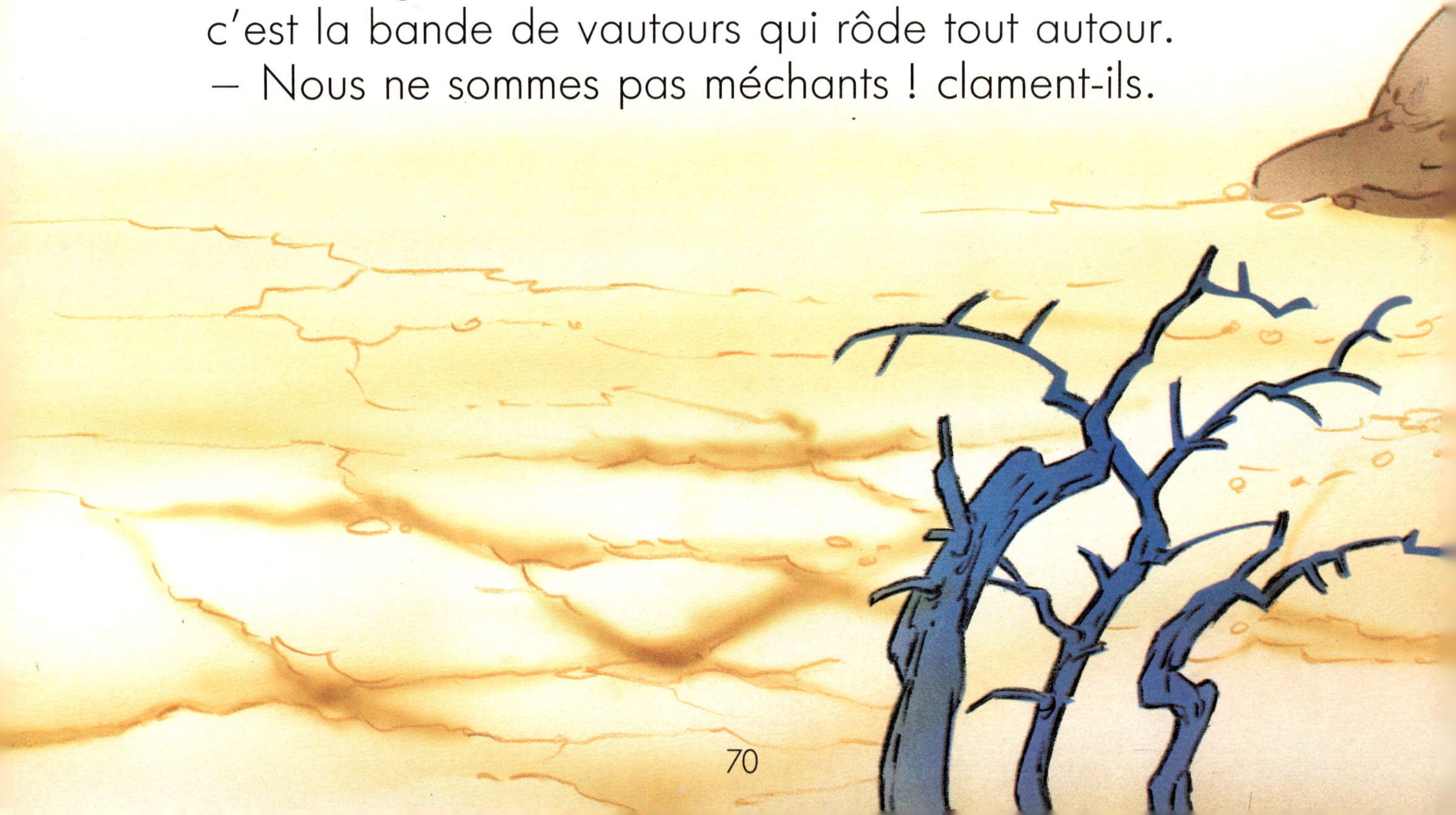

Mais l'enfant se méfie. Maman Louve lui a dit que les vautours, parfois, lui prenaient ses petits. Il ne veut surtout pas finir dans l'estomac de ces oiseaux de proie !

Or cinq minutes plus tard, il trône sur un rocher
au milieu des oiseaux qu'il voulait éviter !
Que s'est-il donc passé ? Rien de bien compliqué :
les vautours ont promis qu'ils allaient sans tarder
lui apprendre à voler… alors il les a crus !
Prends garde à toi, Mowgli : quand on est trop naïf,
on est souvent déçu…

Shere Khan passe à l'attaque

– Secoue tes bras bien fort
en pliant les genoux,
chantent en chœur les vautours,
et tu voleras comme nous !
Mais Mowgli a beau faire : il est beaucoup trop lourd. Et malgré ses efforts, il ne quitte pas la terre ! Ce n'est pas une raison pour se mettre en colère...

au contraire : encore quelques essais
sans décoller du sol, et la leçon
de vol se change en farandole !
Shere Khan s'amuse aussi,
mais c'est beaucoup moins drôle...

Eh oui, bien que Kaa
lui ait menti,
il a vite retrouvé
la trace de Mowgli !

– Salut petit !
lance-t-il à celui-ci.
J'arrive à temps :
voici la pluie,
et je sais justement
où te mettre à l'abri...
– Où ça ? demande
Mowgli, très méfiant.
– Dans mon ventre, pardi !

En entendant ces mots, Mowgli sort
le bâton qu'il cachait dans son dos.

Il n'en fallait pas plus
pour que Shere Khan bondisse
en rugissant : – Malheureusement,
mon cher enfant, pour atteindre
mon ventre, il faudra tout d'abord
que tu passes par mes dents !

– Et qu'on te coupe la queue ! hurle au même moment une voix derrière lui : c'est Baloo ! Il était plus que temps qu'il vienne sauver Mowgli !

Pendant qu'il tient le fauve
qui rugit et se cabre,
Mowgli grimpe dans un arbre...

Pauvre garçon ! A cet instant,
la foudre qui grondait tombe
sur l'arbre en question ! Mowgli crie
au secours, et voilà les vautours
qui l'agrippent aux poignets :
il vole, il est sauvé !

Mais quand il atterrit, Shere Khan n'est pas parti.
Il ne cesse de rugir, de courir, de bondir
sur le pauvre Baloo... qui commence à faiblir !
Mowgli a une idée : les tigres ont peur du feu...

S'armant d'une branche en flammes, il se rue
sur le fauve... qui ouvre de grands yeux,
rugit à fendre l'âme... et finalement se sauve !

– On l'a eu ! crie Mowgli. Ça y est, il s'est enfui !
Il ne reviendra plus ! Nos ennuis sont finis !
Baloo ne répond pas : étendu sur le ventre,
il a l'air évanoui...
Mowgli se jette sur lui, le prend par les épaules
et le secoue très fort : – Réveille-toi, je t'en prie !
Il ne bouge toujours pas. Peut-être qu'il est mort !

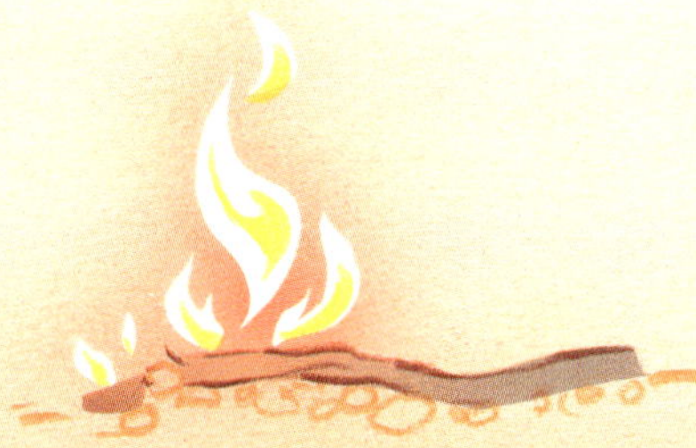

Le retour au village

Rien qu'en imaginant que son cher
compagnon ait pu perdre la vie,
Mowgli pleure à chaudes larmes.
Mais voilà que Baloo ouvre un œil
en disant : — Je ne suis pas mort,
Mowgli ! juste un peu étourdi...
Pas de quoi faire un drame !
Et il se met debout.
Mowgli lui saute au cou !

Au coucher du soleil, ils retrouvent Bagheera. Pas de leçon, cette fois. Ils ont eu assez peur ! Elle veille sur leur sommeil tout en faisant le guet. Mais le lendemain matin, l'ours s'éveille le premier.

— Debout, gros paresseux ! dit-il
à son ami. La route n'est pas finie !

Les voilà repartis. Ils marchent
des heures durant, jusqu'à ce que
Mowgli s'arrête en demandant :
– Entendez-vous ? on dirait une voix !
Et là, qu'est-ce que je vois ?

Ils ne répondent rien, préférant
le laisser deviner par lui-même
qu'ils ont enfin atteint
le village qu'ils cherchaient…

Mais c'est surtout
la voix
qui intéresse Mowgli.
Il s'avance et se penche
en écartant les branches.

Et que découvre-t-il ? Une charmante
presqu'île au milieu d'une rivière,
où chante une jeune fille
en puisant de l'eau claire...

Comme elle a l'air gentille !
Oubliant ses amis, il court
vers la rivière et appelle
la jeune fille :

– Mademoiselle ! Mademoiselle !
Mon prénom est Mowgli et je suis né
ici. Puis-je être votre ami ?
La fillette se retourne : elle sourit.

C'est alors que Mowgli repense
à ses compères. Tout à coup hésitant,
il regarde en arrière. Baloo lui dit :
– Reviens ! Mais Bagheera : – Vas-y !

Alors il se décide. D'abord un peu timide, il dit à la fillette :
— Puis-je porter votre cruche ?
Et comme elle répond oui, il la suit !

C'est ainsi que Mowgli fait bientôt son entrée dans le village où il est né. Baloo et Bagheera le regardent s'éloigner. Ils ont le cœur serré. Mais la panthère déclare à l'ours qui ronchonne :
– Sa place est chez les hommes, mais, tôt ou tard, il reviendra nous voir. Il nous aimera toujours !
Et sur ces belles paroles, tous deux font demi-tour.

Imprimé en Italie - G.E.P., Cremona
Dépôt légal N 4278 - Avril 1993
46.08.0717.09/2 ISBN 2.23.000079.9
Loi n° 49.956 de juillet 1949 sur les publications
destinées à la jeunesse